Gatos, águias, formigas e companhia: contos maravilhosos com animais

2019© Susana Ventura
2019© Bernardita Uhart
2019© Editora de Cultura
    ISBN 978-85-293-0209-6

Todos os direitos desta edição reservados
EDITORA DE CULTURA LTDA.
Rua Pirajá, 1.117
CEP 03190-170 – São Paulo – SP – Brasil
Fone: (55 11) 2894-5100

atendimento@editoradecultura.com.br
www.editoradecultura.com.br

Partes deste livro poderão ser reproduzidas, desde que obtida prévia autorização escrita da editora e nos limites previstos pela Lei 9.610/98, de proteção aos direitos do autor.

Primeira edição: Abril de 2019
Impressão: 5ª 4ª 3ª 2ª 1ª
Ano: 23 22 21 20 19

Direção editorial
MIRIAN PAGLIA COSTA

Direção de infantojuvenis
HELENA MARIA ALVES

Coordenação geral
SUSANA VENTURA

Ilustrações, projeto gráfico e execução
BERNARDITA UHART

Tratamento de imagens
PIXART

Preparação e Revisão de provas
HELENA GOMES
PAGLIACOSTA EDITORIAL

Impressão e Acabamento
ASSAHI

Impresso no Brasil
Printed in Brazil

CIP-Brasil. Catalogação na Publicação
Sindicato Nacional dos Editores de Livros, RJ

G234

Gatos, águias, formigas e companhia : contos maravilhosos com animais / organização Susana Ventura ; ilustrações Bernardita Uhardt. - 1. ed. - São Paulo : Editora de Cultura, 2019.
    72 p. : il. ; 21 x 25 cm
    ISBN 978-85-293-0209-6

    1. Contos. 2. Literatura infantojuvenil. I. Uhart, Bernardita. II. Título.

19-56053   CDD:808.899282
                  CDU:82-93(81)

Vanessa Mafra Xavier Salgado - Bibliotecária - CRB-7/6644

Gatos, águias, formigas e companhia: contos maravilhosos com animais

Susana Ventura
seleção e adaptação

Bernardita Uhart
ilustrações

Sumário

Apresentação: Os contos deste livro — 5

Os músicos de Bremen (Alemanha) — 7
A pombinha (Itália) — 15
A gata branca (Portugal) — 25
O pescador e a tartaruga (Grécia) — 37
O corpo sem alma (Chile) — 49
A raposinha (Brasil) — 63

Sobre as autoras — 71

Apresentação
Os contos deste livro

Reunimos para este livro contos de vários pontos do mundo. As histórias, como as pessoas, viajam e diversas variantes das narrativas apresentadas aqui são encontradas nos mais distantes pontos da Terra. Os animais que se reúnem para um objetivo comum, a moça encantada como pomba pela bruxa, a princesa escondida sob o aspecto animal, o ser aquático que passa a viver em terra, o monstro que guarda sua alma em um lugar fora de seu corpo e o morto agradecido são temas que se repetem e se recompõem com elementos dos mais diversos para formar o que o escritor Ítalo Calvino chamou de "o grande catálogo de destinos humanos", que podem caber a todos os que viveram, vivem e viverão neste planeta

Nossas pesquisas em torno do conto popular e de suas representações visuais ao longo dos séculos têm nos levado a momentos de grande encantamento. Realizar este livro é uma forma de partilhar as alegrias de nossos caminhos com os leitores.

Susana Ventura / Bernardita Uhart

s músicos de Bremen (Alemanha)

Era uma vez um burro que há muitos anos fazia seu trabalho num moinho, carregando sacos e mais sacos sem nunca se queixar. Mas acontece que o tempo passou, ele envelheceu e ficou menos produtivo. Seu amo parecia descontente e, um dia, o burro o ouviu dizer que pensava em mandá-lo para o abate. Muito triste e aborrecido, o burro nem esperou pelo dia seguinte; assim que anoiteceu, quando todos da casa dormiam, ele escapou.

Quanta ingratidão! – pensou de si para si. Depois de tantos e tantos anos de trabalho, meu amo sequer considerou que eu merecia descanso e quis logo mandar me matar. Que horror! Mas eu sei bem para onde vou: a Bremen eu vou, cidade progressista, lugar de artistas. Vou me empregar na banda e fazer a vida lá como músico.

Zurrando e cantando, o burro andou, andou, até que, pela manhã, encontrou um cão de caça espichado na estrada. O bicho arfava como se tivesse corrido meio mundo, e o burro logo disse:

– Salve, amigo orelhudo, por que está arfando desse jeito, grandão?

O cão rosnou um tanto bravo:

– Ora essa, porque corri agorinha mesmo para salvar minha vida. Fui um cão de caça por anos e anos. Como estou velho e não sirvo mais para a caça, meu dono queria me mandar abater. Imagine! Agora estou aqui, exausto e sem saber o que fazer da minha vida.

O burro zurrou animado:

– Sabe de uma coisa? Minha história é parecida com a sua. Trabalhei a vida toda num moinho e meu amo quis me eliminar. Mas vou a Bremen ser músico. Venha comigo! Eu posso tocar alaúde e você fica com o tambor!

O cão ficou maravilhado com a ideia e seguiram os dois juntos, fazendo planos para a vida em Bremen.

Não se passou muito tempo, encontraram um gato na estrada, com a pior cara do mundo.

– Então – adiantou-se o burro – que cara amarrada, meu velho, que bicho te mordeu?

– Que bicho me mordeu? O bicho da ingratidão. Imaginem vocês que, após anos e mais anos caçando ratos sem descanso, só porque eu dei uma afrouxadinha no trabalho e prefiro ficar ao lado do fogão – afinal, estou velhote –, minha dona pretendia me afogar! Ouvi-a dizendo isso para a vizinha e fugi. Mas agora não sei o que hei de fazer da vida...

O burro não esperou mais lamentos e foi logo convidando:

– Venha conosco para Bremen, ser músico da banda municipal. Como você entende bem de música noturna, pode ter ali um lugar de destaque!

O gato achou a ideia ótima e seguiu com eles. Logo adiante, passaram pelo portão de uma fazenda e ali um galo cantava com todas as forças que tinha.

– Mestre galo, que vozeirão! - disse o cão.

– Canta mesmo que é uma beleza! - acrescentou o gato.

– E o que é que o compadre comemora com tamanha cantoria? – perguntou o burro.

– Comemora? Vozeirão? Beleza? Estão os três muito enganados. É meu último canto. Amanhã é domingo e ouvi a dona da casa dizer à cozinheira que quer comer sopa de galo no almoço... e, como o único na casa sou eu, canto agora pela última vez.

O burro não pareceu conformado:

– Deixe disso, crista rubra, reaja! Junte-se a nós!

– Vamos a Bremen! – disse o cão.

– Seremos músicos da banda municipal – completou o gato.

– Isso mesmo! – tornou o burro. E você, com essa bela voz, arranja logo lugar de solista!

O galo se animou.

Mas acontece que Bremen ainda ficava longe. Andaram durante todo aquele dia e, quando escureceu, buscaram abrigo debaixo de uma árvore. Cada um tratou de se acomodar o melhor que pôde. O burro se ajeitou num capim, o cão se pôs debaixo da copa da árvore, o gato subiu num galho baixo e o galo foi até o alto. Lá de cima, ele avistou uma casa bem perto e disse aos outros:

– Companheiros, há uma casa logo ali, com a luz acesa. Quem sabe lá não arranjamos algo de comer e uma acomodação melhor?

Concordaram os outros três e foram na direção da luz. Logo chegaram à casa, que era de altas janelas. O burro fez sinal para o cão, que subiu às suas costas, abanando as orelhas para o gato, que escalou os dois e ficou sobre as costas do cão, balançando a cabeça para o galo, que num voo rasante foi dar ao pescoço do gato e bem enquadrado na janela.

Dali, ele enxergou os habitantes: eram ladrões, que, ao lado de uma grande mesa cheia de boas comidas, abriam sacos e deles tiravam pilhas e mais pilhas de moedas de ouro.

– Cocoricó, pessoal, são ladrões! – sussurrou o galo.

– Miau! – miou baixinho o gato, muito surpreso.

– Au, que coisa! – retrucou o cão.

– Ih, oh, o que faremos? – perguntou o burro.

– Miau... por que não fazemos música? – sugeriu o gato.

– Au au au, isso mesmo! – entusiasmou-se o cão.

– Cocoricó, é isso mesmo – já vamos testando nossa habilidade. Cantamos em troca de jantar! – acrescentou o burro para começarem todos a dar o melhor de si:

– Quando eu disser três! Um, dois e lá vão os três!!!

Cada um começou a cantar alto e forte. Mas acontece que eles ainda não haviam ensaiado juntos e a tentativa de concerto resultou numa barulheira danada.

Os ladrões, muito assustados, pensando terem sido descobertos, saíram correndo espaventados.

Os animais, depois de um tempo, resolveram entrar na casa e cearam deliciosamente. Depois, cada um se ajeitou para dormir. O burro preferiu ficar do lado de fora e se ajeitou perto da porta da cozinha. O cão escolheu ficar atrás da porta. O gato foi deitar ao lado do fogão, para aproveitar o último calor das cinzas, e o galo, como sempre, procurou onde se empoleirar e encontrou um bom lugar na viga do telhado. Cansados de tanto caminhar e aquecidos pelo bom jantar, dormiram num instante.

Já de madrugada, com o fogo extinto, os ladrões cercaram a casa e puseram-se a observar.

– Chefe, parece que nos assustamos à toa – disse um deles.

– Também acho, chefe, está tudo apagado, creio que podemos voltar – disse o outro.

– Vamos tirar a sorte para ver qual de nós volta lá para para ver se está tudo certo! – ordenou o chefe.

A sorte calhou para o valente deles, que tinha fama de destemido.

– Então, tome esta vela – disse o chefe. Entre e acenda a vela. Vá até a janela com ela e faça sinal de que podemos entrar se tudo estiver bem.

Assim fez o ladrão. Entrou pela porta da frente e avançou com a vela na direção do fogão. O gato abriu seus olhos e o ladrão se animou.

– Ah, que bom! – disse ele. Sobraram umas brasas! Vou já acender a vela!

Mas, ao chegar com o pavio no olho do gato, este pulou-lhe no rosto, arranhando-o para valer. Assustado, o ladrão correu para a porta dos fundos, mas tropeçou no cão, pisando seu rabo, e recebeu em paga uma valente mordida na perna. Pulando num pé só, o ladrão atravessou o pátio mancando e topou com o burro, que acordou e plantou-lhe um valente coice. Por fim, o ladrão se arrastava quando ouviu o galo cantando alto e forte: Cocoricóooooo.

O ladrão voltou para junto do bando e, todo machucado, disse:

– Vamos buscar novo esconderijo, a casa foi tomada por uma bruxa horrível. Tem olhos de brasa e me arranhou com as suas garras enormes. Na porta de saída, há um homem com uma faca de serra, que golpeou a minha perna. O pátio está guardado por um monstrengo que me bateu com um pau, e um som horrendo, como o de um trovão, me seguiu quase até aqui! Vamos embora!

Assim foi que os ladrões nunca mais voltaram ali e os músicos jamais chegaram a Bremen, pois encontraram casa, provisões e dinheiro para viver felizes, juntos e em paz por muitos e muitos anos.

pombinha (Itália)

Um camponês perdeu sua esposa. Mas ela o deixou com uma filhinha, que era a criança mais doce que jamais fora vista naquelas paragens.

Após um tempo, o camponês casou-se novamente com uma mulher que também tinha uma filhinha, mas a pequena era, com toda a certeza, a criança mais chata que tinha aparecido por ali.

O tempo passou e as duas meninas cresceram e – como era de esperar – a filha do camponês se tornou uma jovem sensível, enquanto a de sua mulher continuou desagradável. Um dia, quando o resto da família estava fora e só a bela jovem estava em casa, o rei parou ali, pois estava caçando com seus cavaleiros e ficara com sede. Bateu na porta da choupana e pediu um copo d´água. Ao ver o quanto era graciosa a moça que o servia, ele disse:

– Bela donzela, se você quiser, voltarei em oito dias e a farei minha esposa.

A donzela respondeu:

– Quero, sim, majestade!

E o rei foi embora.

Quando a madrasta voltou para casa, a jovem disse a ela o que havia acontecido.

A madrasta disfarçou bem sua decepção e sua profunda inveja, dando à enteada os parabéns por sua boa sorte.

No entanto, antes que chegasse o dia marcado pelo rei, a madrasta prendeu a enteada no celeiro.

Quando o rei bateu à porta, a madrasta atendeu sorridente, dizendo:

– Bom dia, majestade! Em que posso ajudá-lo?

E o rei respondeu:

– Vim para me casar com sua filha.

A madrasta não perdeu tempo e trouxe sua própria filha, só que toda enrolada numa manta grossa e com o rosto coberto por um espesso véu, com a cabeça encimada por um grande chapéu!

O rei estranhou e disse:

– Eu lhe asseguro, boa mulher, que sua filha será meu maior tesouro. Mas a senhora, por favor, remova esses panos todos.

– Ah, de jeito nenhum, majestade! – exclamou a madrasta. E peço que também não faça isso agora! Já viu como ela é bela. Só que a excessiva beleza dela tem uma condição: ficar longe do ar livre. Uma brisa que passasse já levaria a beleza embora. Cuide sempre, majestade, de não remover-lhe o véu!

Ao escutar isso, o rei mandou vir ainda outro véu, mais um grande xale e com eles tampou mais o rosto e enrolou mais o corpo da noiva, que mal conseguia caminhar quando ele a conduziu até a carruagem, onde a levou com todo o cuidado. O rei ainda fechou bem a porta da carruagem e tratou de descer as cortinas das janelas antes de partir.

Quando chegaram ao palácio, o soberano foi mostrar a nova casa para a noiva, que o seguia toda enrolada naquele monte de panos.

A madrasta, assim que eles saíram, sentou-se para descansar, sentindo-se a mais esperta das criaturas.

Mas, momentos depois, caiu em si:

– Mas o que eu vou fazer com a minha enteada? Alguma hora ela vai sair daquele celeiro e, se o rei a vir, vai ser pior para minha filha!

Então, ela foi se aconselhar com uma bruxa, que lhe disse o que fazer:

– Está vendo este alfinete? – e estendeu para a madrasta um comprido alfinete com a cabeça dourada. Você deve fincá-lo com força no alto da cabeça da moça e ela se tornará imediatamente uma pomba. Mas, atenção, tenha já uma gaiola preparada e empurre a pomba para dentro assim que ela se transformar. Dessa maneira, ninguém nunca mais irá vê-la como mulher novamente!

E as duas malvadas terminaram a conversa com boas gargalhadas, saboreando a maldade que iriam fazer.

A madrasta arranjou a gaiola, que levou com ela até o celeiro. Pousou-a no chão e girou a chave da porta. Entrou com o alfinete numa das mãos e a gaiola na outra. A moça estava sentada num canto e, tão logo a viu, levantou-se e andou em sua direção. A madrasta não lhe deu tempo de perguntar nada. Agarrou-a pelo braço com uma das mãos e com a outra fincou-lhe o alfinete bem no alto da cabeça.

A moça não emitiu nenhum som, um gemido sequer, nada. Transformou-se numa bela pombinha branca num instante... e, no outro, escapou da mão que tentava empurrá-la na direção da gaiola. Então, voou pela janela, desaparecendo de vista.

Voou, voou, até chegar no palácio do rei, onde bateu contra o vidro da janela da cozinha bem no momento em que o cozinheiro preparava o grande jantar para as bodas reais.

O cozinheiro, atrapalhado entre tantas panelas, ouviu o ruído e pôs-se a olhar em volta. Depois, viu a pombinha meio desacordada junto da janela.

— Pobre bichinho, deve ter achado que o vidro estava aberto! Danados esses vidros, invenção de ricos para machucar os pássaros — reclamou o cozinheiro — e, abrindo a janela, pegou a pombinha com todo o cuidado.

— Que bonitinha você é! — exclamou o cozinheiro, olhando-a de perto — Vou colocar um pires de água aqui para você e deixar que descanse.

Mas descansar não estava nos planos da pombinha, que, tão logo foi deixada ao lado de um pires de água, pôs-se a voar em volta do cozinheiro, cantando assim:

Cozinheiro da real cozinha,
o que faremos da rainha?
Vamos todos agora deitar,
para a comida arruinar!

A pombinha nem terminava de dar a terceira volta e de cantar os seus versos quando não apenas o cozinheiro, mas todos os que estavam na cozinha caíram no mais profundo sono. O ajudante, que depenava uma galinha, dormiu no banco com um punhado de penas numa mão e com a galinha pendurada na outra. A responsável pelos pães, que olhava o forno, caiu de joelhos e dormiu apoiada na pá que usava para virar os filões. O pequeno que girava os assados dormiu apoiado na manivela e, por fim, o cozinheiro se espichou como pôde no chão da cozinha e ali roncou como se estivesse numa cama bem macia.

A comida se queimou toda, enquanto, no salão, o rei esperava impaciente pelo jantar, que não vinha.

– Ora, ora, que fome! Por que essa demora? – perguntou ele para a noiva, que, ainda toda enrolada em seus panos e véus, estava sentada ao lado dele.

O camareiro foi à cozinha e voltou horrorizado:

– Majestade! O jantar queimou-se. Tudo o que estava no forno, no fogão e no espeto virou carvão. E a equipe da cozinha dorme a sono solto em meio ao desastre!

O rei se levantou e foi até a cozinha, onde o cenário era aquele que sabemos. Cutucou o cozinheiro até que ele acordasse.

– Mas, cozinheiro, o que é isto? Você sempre fez os pratos mais deliciosos e justo hoje, dia do meu casamento, quando quero impressionar minha noiva, você dorme e tudo se queima? E seus ajudantes? Todos dormem também? Como é possível?

O cozinheiro, muito atrapalhado, começou a contar sobre a chegada da pombinha quando a avistou parada bem ao lado do pires d'água.

– Ali, majestade, ali, aquela pombinha tão linda. Eu a peguei na mão e a coloquei para dentro, peguei água para ela e, de repente, ela começou a cantar e eu só me lembro de precisar me deitar...

– Cantar? Mas o que ela cantava? – perguntou o rei.

– Ah, majestade, ela cantava uma bela canção assim:

Cozinheiro da real cozinha,
o que faremos da rainha?
Vamos todos agora deitar,
para a comida arruinar!

O rei, então, foi até a pombinha, que tomou nas mãos com carinho.

– Você arruinou meu jantar, minha pequena! Mas não tem importância, eu a perdôo, minha bela – e o rei acariciou a cabeça da pombinha, não demorando a encontrar o alfinete.

– Mas o que é que você tem na cabeça, pequena? – e, dizendo, isso, o rei puxou o alfinete.

Imediatamente, a pombinha se transformou e voltou a ser a bela jovem, que ficou parada diante do rei.

– Como? – ele perguntou surpreso. – Você não é a jovem que prometeu se casar comigo?

– Sou eu mesma – respondeu a jovem.

– Mas, então, quem é aquela? – disse o rei, e apontou para a mulher toda enrolada em panos que estava em pé na porta da cozinha com o restante dos convidados.

Sem esperar pela resposta, o rei retirou os véus e viu-se diante da filha da madrasta. Então, compreendeu que tinha sido enganado. Mandou a jovem de volta para a casa de sua mãe e resolveu que, naquela noite, iriam todos juntos jantar fora. Afinal, não é sempre que um rei quase se casa com a noiva errada!

Então, jantaram, se casaram e foram felizes por muito, muito tempo!

gata branca (Portugal)

Era uma vez um rei que tinha três filhos. O mais velho se chamava Rubi, o do meio, Topázio, e o mais jovem, Diamante. Um dia, o rei começou a pensar no futuro de seu reino e resolveu colocar os príncipes à prova. Chamou-os e disse:

— Meus filhos, é chegado o tempo de pensarmos qual de vocês governará depois de mim. Proponho que vocês viagem para conhecer um pouco do mundo. Darei a cada um uma boa montaria e uma bolsa de moedas. Dentro de um ano, quero vocês aqui de volta. O que me trouxer o presente mais belo e gracioso, reinará em meu lugar.

Dias depois, os príncipes partiram juntos, cada um montando um belo cavalo. Atravessaram a cidade, cruzaram a floresta e se viram diante de uma encruzilhada. A escolha foi fácil: Rubi, que era o mais velho, escolheu primeiro e enveredou pela direita. Topázio, que era o do meio, escolheu a seguir e tomou o caminho do meio. Restou a Diamante o caminho da esquerda. Sigamos com ele.

Diamante cavalgou, cavalgou, até o sol se pôr. Enxergou uma luz ao longe e rumou para onde ela brilhava. Era um belo palácio, e ele resolveu pedir abrigo para a noite.

Desmontou e bateu na porta principal. Para sua surpresa, um belo gato, muito bem vestido, abriu a porta e o cumprimentou.

Diamante, bem espantado, respondeu ao cumprimento e pediu abrigo. O gato chamou outro gato para que fosse cuidar do cavalo e conduziu Diamante à biblioteca, onde uma linda gatinha branca estava entretida lendo. Era a senhora do palácio, que recebeu Diamante muito bem. Começou por mostrar-lhe a biblioteca, engatinhando pelas estantes enquanto falava sobre os preciosos livros que ela continha. Depois, convidou-o para jantar.

A refeição estava ótima, o serão foi delicioso, fez-se um pouco de música e a conversa foi da melhor qualidade.

No dia seguinte, Diamante não teve pressa de partir e não partiu mesmo. Nem no dia subsequente e nem mesmo passadas três noites.

Assim, os dias tornaram-se semanas e as semanas, meses. Até que, lembrado do compromisso com o pai, Diamante comunicou à gatinha que precisava partir e que, ai dele, nem havia procurado ainda o presente, que deveria ser belo e gracioso!

– Não se preocupe, querido Diamante – disse a gatinha branca – tenho aqui o presente ideal para seu pai.

E, abrindo uma caixa de ouro, retirou dela uma noz. Era uma simples noz, como qualquer outra.

Bem, para falar a verdade, era uma noz pequena.

O jovem não conseguiu esconder sua preocupação. O presente era aquele?

– Diamante, você entregará a noz para seu pai e pedirá a ele que a abra com todo o cuidado. Verá que o que ela contém faria sucesso em qualquer corte!

Então, o príncipe preparou a sua partida.

Despediram-se os dois, algo chorosos, porque se gostavam muito.

Ao sair pela porta para retomar seu cavalo, que susto Diamante tomou: seu belo cavalo tinha sido substituído por um cavalo magro, velho e algo desajeitado, que parecia ter tomado uma semana inteira de chuva.

– Mas... onde está meu cavalo? – ele perguntou ao gato cavalariço.

– A senhora pediu que lhe déssemos este, príncipe – respondeu o gato.

Diamante, bem desapontado, montou no cavalo e partiu.

Quando atingiu o ponto de encontro com os irmãos, eles já haviam chegado e, antes mesmo de cumprimentá-lo, puseram-se a rir e a caçoar de seu cavalo.

– Bem, irmãozinho, se o seu passeio foi neste cavalo, você deve ter gasto o ano todo para atravessar um só campo – disse Rubi.

– E deve estar tão pulguento quanto esse seu cavalo velho – completou Topázio.

Diamante não disse nada.

Atravessaram a floresta de volta, e, nem bem cruzaram o limite da cidade, o velho pangaré de Diamante se transformou num belíssimo cavalo. Os simples arreios de couro se cobriram de pedras preciosas. Das janelas, as pessoas apontavam para os príncipes, mas os comentários eram para a maravilhosa montaria de Diamante.

Rubi e Topázio, que iam à frente, nem perceberam.

Quando alcançaram o palácio, formou-se logo uma festa. Avisado da chegada dos filhos, o rei os esperava à porta, ansioso pelos abraços, que não tardaram.

Muitas horas de festejos se seguiram, até que chegou a hora dos presentes.

– Querido pai, trago-lhe este rico anel – disse Rubi, estendendo ao pai uma caixinha.

O anel era lindo e, coberto de pedras preciosas, talvez fosse a joia mais graciosa que jamais tivesse sido vista por ali.

– Já eu, meu pai, trago-lhe este garboso medalhão – disse Topázio, estendendo ao pai um estojo.

O medalhão, também de ouro e cravejado de pérolas, pendia de uma fita, e o rei o colocou ao pescoço com grande satisfação.

Foi então que Diamante, algo encabulado, adiantou-se e estendeu ao pai a pequena noz.

– Querido pai, aqui dentro está meu presente. Peço que abra com cuidado.

O rei pegou a noz e abriu-a. Para surpresa de todos, saiu dela um minúsculo cão de ouro, que pulava e latia, balançando a cauda. Parecia ser um filhote, tão pequeno e gracioso era, e tão brincalhão.

Todos à volta se encantaram com o cãozinho, e o rei não tardou a dizer que Diamante vencera a prova.

Mas os irmãos ficaram muito desagradados e contestaram o pai.

– Meu anel vale muito mais! – exclamou Rubi.

– E meu medalhão é muito maior do que esse cãozinho! – argumentou Topázio.

Assim, para não desgostar ninguém, o rei declarou empate.

Dias depois, o rei propôs uma nova prova: que viajassem novamente e voltassem dentro de um ano com um presente cada um. Aquele que trouxesse o presente mais valioso seria escolhido sucessor do pai.

Tornaram a partir os três irmãos pelo mesmo caminho de antes. Não sabemos para onde foram Rubi e Topázio, mas Diamante voltou para o palácio da gatinha branca.

Ali, passou quase um ano na mais pura felicidade e, quando foi chegada a hora de partir de volta para o reino do pai, a gatinha branca apareceu com dois presentes que deixaram Diamante de queixo caído.

Numa das patinhas, ela trazia uma vasilha muito velha e amassada, que Diamante tinha visto no galinheiro, servindo de bebedouro, e, na outra patinha, um pano velho, que devia ser usado para limpar o chão do palácio.

Educado que era, Diamante não disse nada, além de agradecer pelos objetos.

Mas a gatinha branca, que era muito inteligente, riu-se e disse:

– Não seja bobo, Diamante, confie em mim. Dê a seu pai esses presentes e verá que serão os melhores!

Diamante acomodou a vasilha e o pano numa caixa e foi para a porta do palácio.

Ali esperava por ele um cavalo ainda mais velho e mais desconjuntado do que o do ano anterior.

Os arreios não eram apenas simples, estavam velhos e corroídos. E a pobre montaria andava tão devagar que Diamante pensou se não chegaria ao ponto de encontro mais rápido se fosse a pé... Quando o viram chegar, Rubi e Topázio riram muito dele. Caçoaram da montaria e, quando terminaram de zombar do irmão mais novo, puseram-se a caminho. Novamente, ao cruzar a fronteira da cidade, o cavalo de Diamante se transformou, causando surpresa aos que estavam nas janelas. Os arreios se tornaram preciosos e arrancaram exclamações de todos os que os viram.

Rubi e Topázio sequer notaram, pois iam à frente, com pressa de chegar primeiro.

O rei estava na porta do palácio e, após abraçar os filhos, conduziu-os ao salão principal onde a festa começou quando eles entraram. Muitos risos, muita comida boa e bebida farta até que chegou a hora da apresentação dos presentes.

Diamante estava perturbado e apreensivo. Nem chegou a ver os presentes dos irmãos, tão preocupado estava com a sua vasilha de dar água às galinhas e o seu trapo de limpar chão. Mas chegou a sua vez de expor o que havia trazido e, envergonhado, estendeu a caixa ao pai.

O rei abriu a caixa e fez um OOOOhhh! Todos aguardaram até que ele exibisse a mais bela bacia de ouro do mundo e desdobrasse uma toalha de rosto ricamente bordada a fios de ouro.

Impossível falar dos presentes trazidos pelos outros filhos, pois deles não restou nem memória!

O conjunto formado por bacia e toalha foi considerado o mais rico; para todos, era o presente mais valioso.

Mas os irmãos não concordaram, e o rei propôs então uma última prova: que saíssem os três para uma derradeira viagem e o que trouxesse a noiva mais bela seria declarado sucessor.

Os filhos concordaram e, dias depois, partiram. Diamante foi para o palácio da gatinha branca e lá ficou até o momento de voltar para casa.

Como o príncipe não se alterou, a gatinha branca perguntou:

– Então, qual o desafio proposto por seu pai desta vez?

O príncipe desconversou:

– Sabe, acho que nem vale a pena voltar agora, deixemos que os meus irmãos voltem. Quem sabe eu fico aqui com você e vou visitar meu pai no ano que vem?

A gatinha branca não se conformou com a resposta e insistiu sobre qual era o desafio. O príncipe acabou por dizer que deveria levar uma noiva e que fosse bela...

– Ah, não há o menor problema! – respondeu a gatinha branca muito animada – partimos amanhã mesmo!

Na manhã seguinte, o príncipe Diamante encontrou um cavalo incrivelmente magro e desengonçado a sua espera, com arreios que eram praticamente fiapos de couro mantidos juntos pelos mais enferrujados ganchos improvisados. Ao lado, numa carroça, estava a gatinha branca com vários gatos de sua casa e o gato que abria a porta ocupava o lugar do cocheiro.

– Então vamos, Diamante? – perguntou a gatinha branca.

Assim foram. O encontro com os irmãos foi como não podia deixar de ser. Cada um deles estava ao lado de uma bela carruagem fechada e ambos riram-se de Diamante em seu cavalo magro e desengonçado, acompanhado por uma carroça cheia de gatos!

– Ah, Diamante, desta vez você se superou! – disse Rubi, rindo.

– Com certeza, você vai montar um circo, não é? – completou Topázio.

E foram, em caravana, em direção à cidade. Tão logo cruzaram seus limites, o cavalo de Diamante tornou-se garboso, os arreios se transformaram nos mais ricos e, para sua surpresa, a carroça virou um riquíssimo carro aberto, e a gatinha branca e todos os gatos à volta dela se tornaram humanos. Ela era a jovem mais bela que os olhos de Diamante tinham visto.

– Mas, mas... como? – ele perguntou assim que chegaram ao palácio.

– Ah, eu fui vítima de um encantamento – respondeu a gatinha. Um dragão me raptou quando eu era bebê e, não obtendo de meu pai a promessa de que eu me casaria com ele quando crescesse, nos transformou a todos em gatos. O encantamento só se quebraria no dia em que eu fosse amada por um príncipe e recebida como uma verdadeira princesa.

– Ah, e eu a amo tanto! – respondeu Diamante, tomando-a nos braços.
Obviamente, a gatinha branca, que retomou o nome de Branca, foi considerada a princesa mais bela de todas. E, para evitar brigas entre os irmãos, ela, que além de bela era inteligente, sugeriu que o rei se mudasse com eles para o reino dela, onde seriam todos felizes e onde Diamante e ela reinariam em paz.
Assim, foram celebrados três casamentos e, pouco depois, o velho rei, Diamante e Branca partiram e foram felizes.

A tartaruga e o pescador (Grécia)

Vivia um pescador de seu trabalho e atravessava uma época muito ruim, com pescado escasso, quando, um dia, sentiu a rede pesada.

Que bom – pensou. Aqui está minha sorte! Pelo peso, devo ter um cardume e tanto! Porém, ao trazer a rede para o barco, viu nela, como única presa, uma grande tartaruga.

Bem, se assim quis o mar, eu o respeitarei... – disse para si mesmo e, desembaraçando a tartaruga da rede, levou-a para casa.

Dizer casa seria exagerar. Vivia o pescador sozinho num casebre, mal-cuidado e pior servido de mobiliário, onde só não faltava alimento pela tenacidade de seu dono de arrancar do mar sua sobrevivência.

Mas, a partir do dia em que a tartaruga chegou, uma transformação começou a acontecer. O que vivia desarrumado ganhou ordem, uma horta brotou no quintal, as janelas pareciam não ranger mais e até a cozinha ganhou novos ares.

Tenho a sensação de viver melhor e de que a vida se suavizou – pensou o pescador em certa manhã luminosa, enquanto partia uma vez mais para o mar.

Também a má fase de pesca passou, e as redes do pescador começaram a vir cheias, tão cheias que conseguia vender boa parte todos os dias.

Começou então um novo hábito: ele chegava em casa, deixava o que iria comer naquele dia e partia para o mercado local para vender o restante. Quando retornava, preparava sua refeição, comia e descansava um pouco.

Porém, numa ocasião, ao voltar do mercado, encontrou uma bela refeição pronta.

– Ó de casa! – disse alto – tem alguém mais aqui? Sua pergunta ficou sem resposta. Ele se sentou, então, e se deliciou, pois a comida estava maravilhosa. Seguiu seu dia como se nada de extraordinário tivesse acontecido, mas olhou bem para sua casa e viu mudanças que não poderiam ter acontecido sozinhas: o ordenamento da pouca louça, a arrumação dos utensílios, a limpeza geral. Foi ao quintal e olhou para sua horta: plantada, regada, com canteiros ordenados e produzindo hortaliças, legumes e temperos.

Não é possível, há alguém aqui colocando tudo em ordem, cuidando, plantando, ajeitando as coisas! – concluiu.

Concebeu, então, um plano para elucidar o mistério. Na manhã seguinte, saiu para pescar como de costume, mas voltou, com muito cuidado, pé ante pé, para não fazer barulho, e espiou pela janela da cozinha.

Passaram-se os minutos e... nada.

Com ainda mais cuidado, deu a volta na casa e divisou, por entre as tábuas de sua cerca, a tartaruga quieta num canto da horta. Já se preparava para continuar sua inspeção indo à janela do quarto quando viu algo que lhe pareceu inacreditável: após ter encolhido a cabeça e as patas dianteiras para dentro do casco, a tartaruga ficou em pé sobre as patas traseiras. Então, como se fosse uma porta, a barriga se abriu; de lá começou a sair uma jovem muito, muito bela. Primeiro a cabeça, coroada de cabelos encaracolados e escuros, depois um tronco gracioso e dois braços sinuosos e bem torneados e, por fim, puxada cada uma das patas para a parte interna do casco, emergiram dele duas pernas graciosas, com pés grandes e bonitos.

O pescador se esticou atrás da cerca e viu que a jovem começou sua lida regando as plantas; depois, pegou a vassoura no canto da horta e entrou na casa.

O homem não esperou mais nada, deu a volta à casa e entrou pela porta da frente perguntando a ela quem era.

– Sou uma das filhas da Rainha do Mar – respondeu a jovem. Eu queria saber como é viver em terra. Por isso, me lancei na sua rede e aqui estou.

O pescador já estava apaixonado e, ao ouvir a voz melodiosa da bela moça, ficou mais encantado ainda.

– E você gosta de viver em terra? Gosta de viver aqui? – ele perguntou.

– Gosto de viver aqui e gosto de você também – ela respondeu.

Assim, eles guardaram o casco e passaram a viver juntos e a partilhar a vida.

As semanas corriam ligeiras e felizes naquela casa, até o dia em que os emissários do rei, no meio da manhã, bateram de casa em casa e chamaram todas as mulheres para a praça.

Ali, mostrarando que levavam consigo tecidos, agulhas, linhas de bordar, miçangas e enfeites dos mais atraentes, propuseram o desafio: quem bordaria o manto mais lindo?

Várias das mulheres avançaram, enfeitiçadas pela beleza dos materiais, pela variedade das cores, pelo brilho das linhas, das miçangas e dos enfeites, pelo refinado dos instrumentos que viam. Um encarregado montava os cestos para cada uma que levantasse a mão e mostrasse o que desejava.

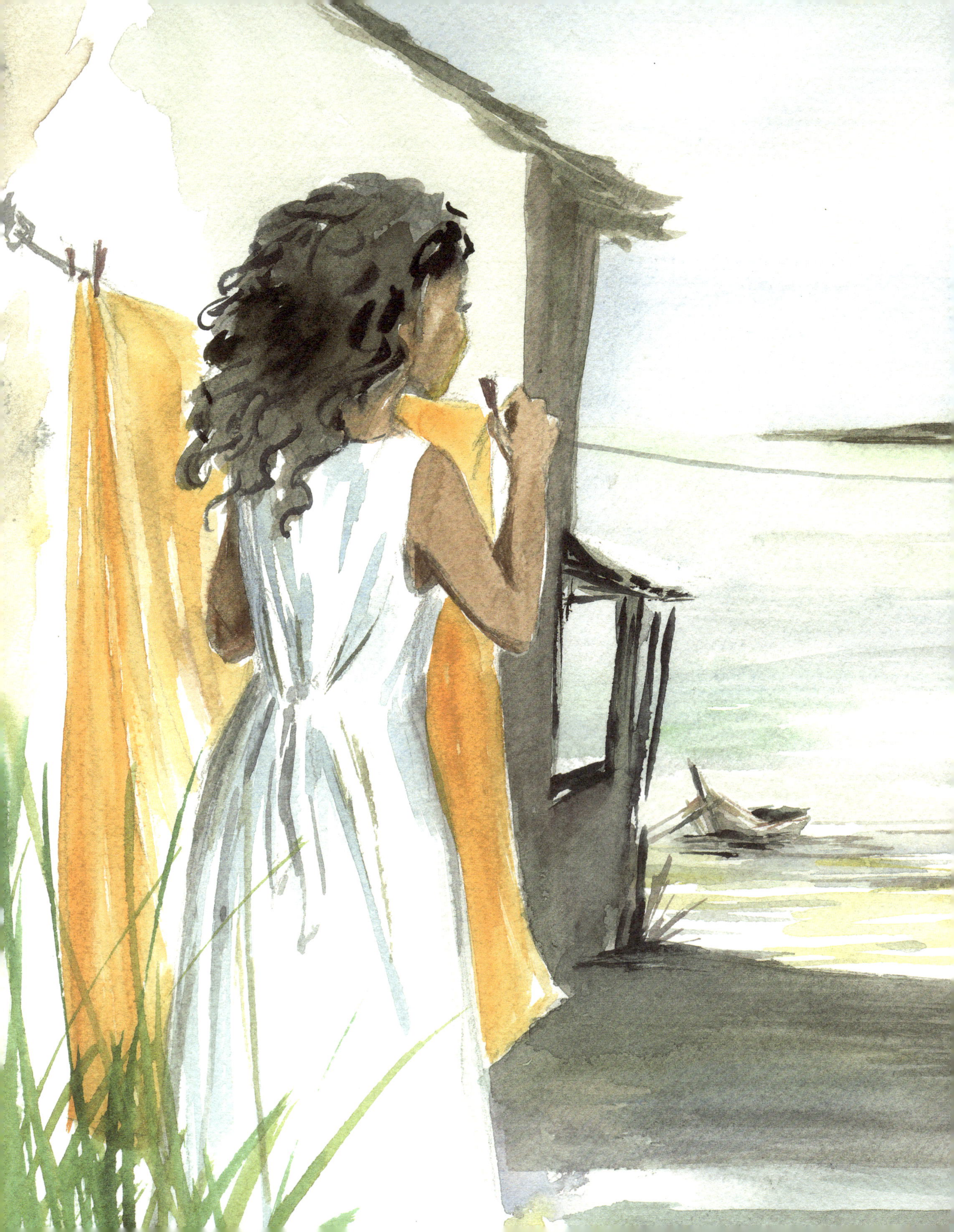

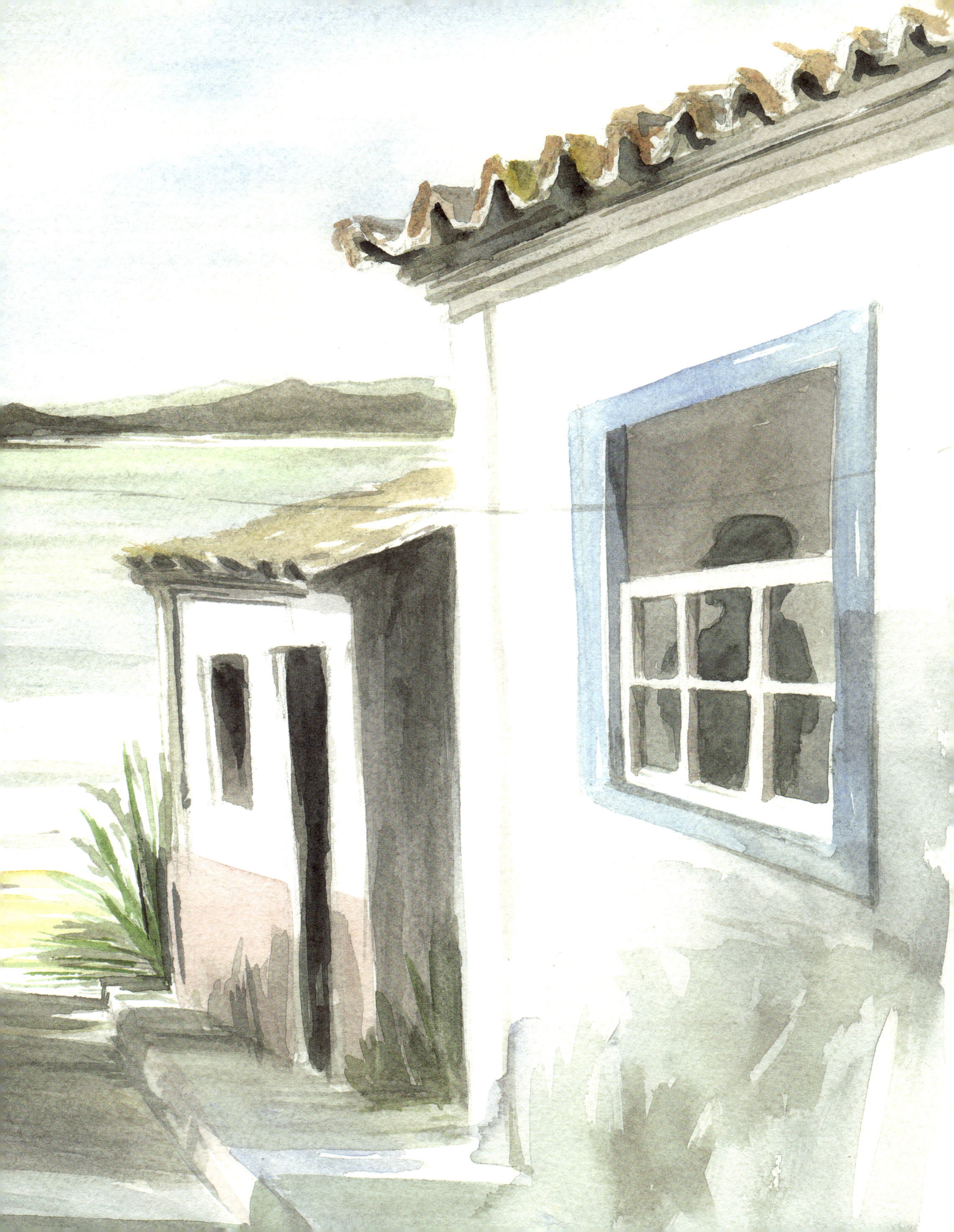

A jovem não perdeu tempo: foi a primeira a eleger seus preferidos. Não perdeu tempo, mas perdeu o que se dizia. Não ouviu mais nada e, enquanto o emissário continuava a discursar, ela olhava para o cesto, agora em suas mãos, e admirava seu conteúdo magnífico. Ao final da fala, voltou para sua casa inebriada pela possibilidade de bordar – tarefa aparentemente tão humana, mas que ela havia aprendido no fundo do mar e amava realizar.

Assim, passou dias e dias bordando e bordando um manto de tecido muito fino, em que as linhas e as miçangas construíram um mundo maravilhoso de imagens.

Numa tarde em que terminava de arrematar o último canto vazio do manto, ouviram-se trombetas e os anúncios dos emissários reais, chamando todos para a praça. O pescador estava em casa e remendava redes.

– Querida, que movimento é esse?

– Ah, são os emissários do rei novamente. Agora, chamam todos para a praça. Vamos? Quem sabe estão trazendo novos tecidos ou desta vez queiram propor algum desafio para os homens...

Eles saíram e foram até lá, somente para constatar que os emissários recolhiam as obras bordadas e colocavam em cada uma delas um sinal indicando quem a havia realizado.

– Ah, vou buscar o meu manto! - disse a jovem. Era uma competição. Deve haver algum prêmio!

O pescador ficou confuso, mas nem conseguiu dizer nada, pois a jovem correu para casa e, poucos minutos depois, voltou e entregou seu trabalho aos emissários.

No dia seguinte, infelizmente, souberam o que realmente havia acontecido.

No mesmo horário do dia anterior, os emissários voltaram e revelaram que era dela o melhor trabalho, o mais belo, o mais bem realizado.

– Ah, e há algum prêmio? – ela perguntou.

Os emissários se entreolharam confusos e um deles disse:

– Sim, claro, casar-se com o rei!

O pescador e a jovem se abraçaram assustados e ele tomou a palavra:

– Não pode ser, me desculpem, ela não pode se casar com o rei, porque já divide a vida comigo!

– Mas o desafio era para as mulheres solteiras, você não ouviu quando estivemos aqui? – perguntou outro emissário.

A jovem disse que não, que não havia entendido assim. Tinha compreendido que aquele evento dizia respeito a todas as mulheres, todas, não apenas às solteiras. (E se deu conta do quanto havia ficado distraída diante de tecidos, linhas, agulhas, tesouras, miçangas, enfeites... Não, ela não ouvira nada além do seu desejo de ter uma cesta repleta de maravilhas para trabalhar.)

Foram todos à presença do rei, emissários e o jovem casal, pensando que seria simples esclarecer o que havia ocorrido. Não foi.

O rei segurava o manto e examinava cada um de seus belos desenhos quando os viu se aproximando.

Depois de ouvir tudo o que tinham a dizer, declarou ao pescador:

– Ela é boa demais para você, eu me casarei com ela!

Ambos protestaram, deram suas razões, pediram compreensão.

O rei pensou, pensou e, por fim, disse:

– Se você estiver à altura desta jovem, deverá me provar.

O pescador só balançou a cabeça afirmativamente.

– Pois então – prosseguiu o rei –, dentro de três dias, quero que alimente meu exército inteiro com uma refeição de peixes e frutos do mar. Se você não fizer isso, sua mulher será minha. O pescador ficou pálido e sem palavras. A jovem o puxou pelo braço e os dois voltaram para casa.

– Mas, querida, o que ele pede é impossível – disse o pescador à jovem. O exército é enorme!

– Não se preocupe, vamos descansar. Amanhã, quando for pescar, vá até o lugar onde me apanhou e chame a minha mãe. Quando ela aparecer, você diga a ela que peço emprestada a panela pequena de peixe.

– Pequena? Não seria melhor pedir a grande? Sabe você o tamanho do exército?

– Deixe comigo. Só faça o que eu digo e tudo dará certo.

Cedo, o pescador partiu e, chegando ao lugar onde costumava pescar, gritou na direção do mar profundo:

– Senhora Rainha do Mar, mãe de minha mulher! Senhora Rainha do Mar!

Imediatamente, o mar se agitou e dele emergiu uma bela senhora.

– Bom dia, rainha. Sua filha manda pedir a panela pequena de peixe emprestada.

A Rainha do Mar afundou e, minutos depois, voltou com uma panela pequena, que entregou ao pescador, mandando saudações à filha.

O pescador voltou para casa. Dois dias depois, na hora do almoço, foi com a mulher até o palácio, levando a panela onde borbulhava um cozido de peixe.

– Mas, querida – disse ele no caminho –, esta panela é pequena, o cozido que tem aí mal dá para três bocas!

– Deixe comigo! – respondeu a jovem – você verá que o que tem é suficiente!

Chegaram ao palácio e viram no gramado dezenas de mesas grandes, com bancos onde estavam sentados os homens.

A jovem não pareceu preocupada. Colocou sua panela na ponta de uma das mesas e estendeu a mão para o soldado mais próximo, pedindo o prato vazio. Ela encheu.

Os pratos servidos foram sendo passados de uns para outros, até que a primeira mesa estivesse completa. Ela se moveu, então, para a segunda mesa. E, de prato em prato, de mesa em mesa, todos foram atendidos. Por fim, ela tirou da panela a comida para ela e para o pescador e eles também se sentaram e comeram. Quem quis repetir pôde repetir e ela ainda serviu muitos e muitos pratos até que todos se dessem por satisfeitos. O rei, que tudo observava de longe, mandou que o pescador viesse falar com ele.

– Muito bem, pescador, você provou que domina mesmo seu ofício e conseguiu ter peixe para todo o exército. Mas agora eu quero algo diferente: dentro de três dias, ao cair da tarde, quero que você ofereça ao exército uma refeição de uvas!

O pescador tremeu:

– Majestade, nada entendo desse cultivo. Nem sei se é época de uvas.

O soberano sorriu:

– Pois eu entendo tudo sobre o que se pesca, o que se cultiva e o que se cria em todo o reino. Se você acha que merece aquela mulher, tem que me provar que entende algo além de seu ofício.

Voltaram o pescador e a jovem para casa. No caminho, ele contou da nova exigência do rei.

– Não há problema, querido. Amanhã, você chama novamente a minha mãe, devolve a panela e pede a ela o cesto de uvas.

Assim foi feito e o pescador levou para casa o cesto, que tinha um cacho pequeno de uvas dentro.

– Mas aqui tem um cacho pequeno apenas – reclamou o pescador.

– Pode ficar tranquilo. Todos comerão uvas.

Dois dias depois, ao cair da tarde, o pescador e a jovem foram ao palácio. Nos jardins, o exército aguardava sentado no gramado. A jovem postou-se com seu cesto de uvas numa mesinha e tirou um primeiro cacho, que ofereceu ao soldado mais próximo. Formou-se uma fila, e ela foi tirando cachos e mais cachos do cesto, até que todos estivessem servidos. Depois, tirou um cacho para o pescador, outro para si.

O rei observava tudo de uma das janelas do palácio. Ao final da distribuição, mandou que o pescador viesse a sua presença.

– Muito bem, pescador, mostrou que não entende somente de pesca. Mas ainda é pouco. Dentro de três dias, quero que me apresente um homem de um palmo de altura e que seja forte como um touro.

O pescador não disse nada, baixou a cabeça e se retirou.

– Não se preocupe – disse a jovem quando ele revelou a nova exigência. Meu único irmão é exatamente assim! Amanhã, você chama minha mãe, devolve o cesto e pede que mande meu irmão para cá, para me ajudar.

Assim foi. Em três dias, apresentou-se o pescador com seu diminuto cunhado sentado em seu ombro. O rei ficou encantando com o pequeno homem.

– Pescador, você é mesmo um homem extraordinário! Já não sei mais o que pedir a você. Mas vamos ver a força deste prodígio que você me trouxe. Poderá um homem tão pequeno ter a força de um touro?

Foram todos para o jardim onde estavam dispostas ferramentas de todos os tipos. Ali, o rei ordenou ao pequenino que cavasse um poço. O homúnculo pegou uma broca e, em poucos minutos, cavou um poço profundíssimo.

O rei, então, apontou para uma grande árvore e ordenou que o homenzinho a arrancasse do solo. O pequeno pareceu perturbado pelo pedido e segredou ao cunhado que se sentia mal por arrancar do solo uma boa árvore.

– Por favor, faça o que ele está mandando – disse o pescador. Nós já não suportamos seus pedidos, mas nada podemos fazer.

Então, o cunhado aproximou-se da árvore e a arrancou do solo aparentemente sem esforço, para surpresa dos presentes.

O rei ficou boquiaberto, mas o efeito da proeza passou em minutos e ele imediatamente inventou outro pedido:

– Bem, agora só falta uma demonstração: atire qualquer coisa para o mais longe que puder, para vermos até onde pode lançar algo pesado!

O homúnculo pareceu pensar alguns minutos. Então, subitamente, agarrou o rei pela cintura e o atirou na direção do mar. Nunca mais se soube dele. O pescador foi aclamado rei e reinou por muitos e muitos anos, sendo feliz ao lado de sua amada mulher e procurando ser justo para todos.

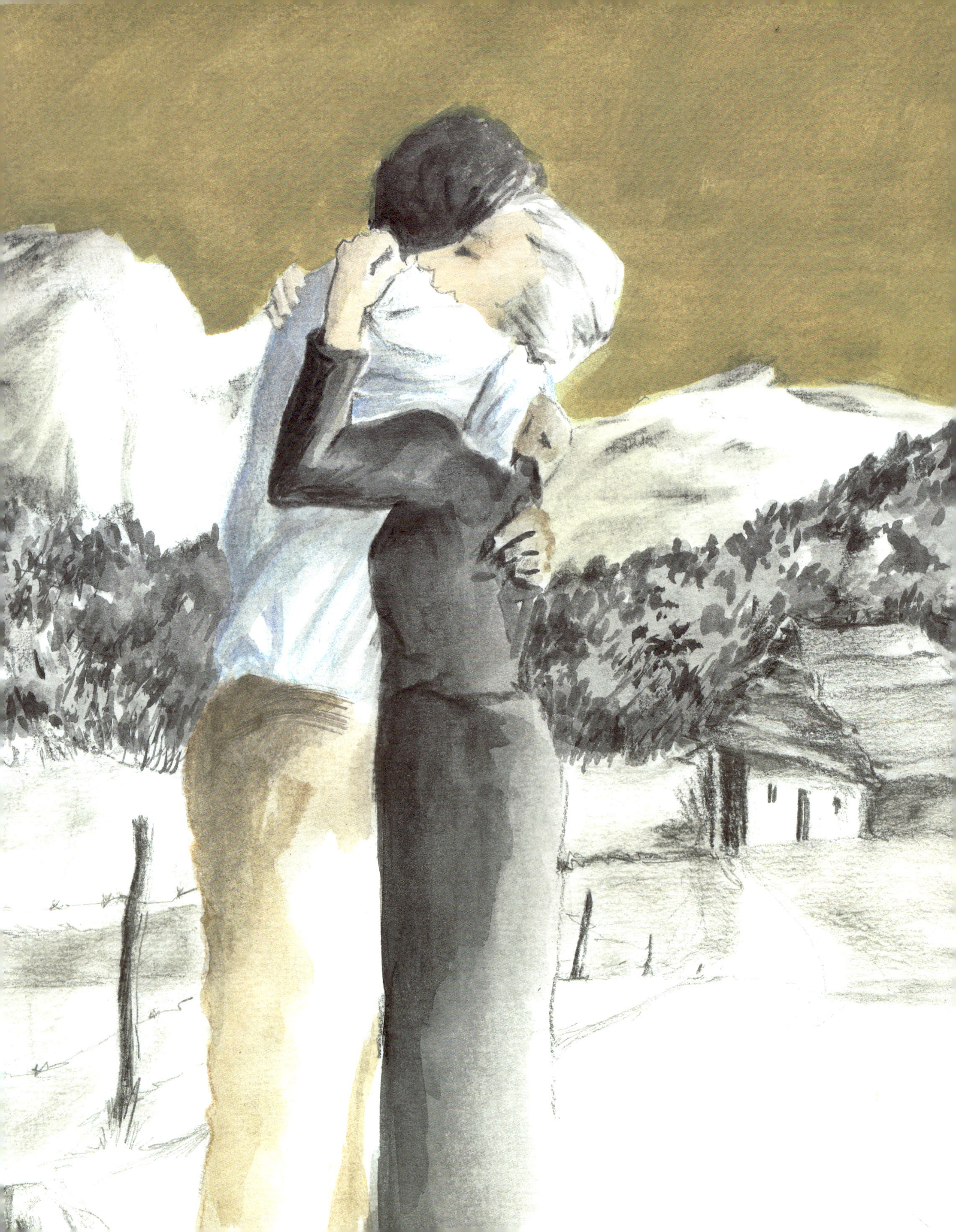

O corpo sem alma (Chile)

Era uma vez uma pobre viúva que tinha somente um filho. Um dia, ele resolveu correr mundo para ver se arranjava melhor sustento para os dois. Partiu e, anda que anda, vislumbrou, de um alto onde se achava, um leão, um tigre, uma raposa, uma águia e até mesmo uma formiga em cima do corpo de uma vaca. O rapaz resolveu desviar-se, mas a raposa cruzou seu caminho e o interpelou:

– Bom dia, meu jovem! Meu amo, o leão, mandou que eu buscasse você.

– Para quê? – perguntou o rapaz e olhou para o lado com o canto do olho, calculando a distância que o separava do leão e do tigre.

– Não sei – respondeu a raposa –, mas logo vamos descobrir.

Voltaram os dois, e o leão disse ao rapaz:

– Mandei chamar você para que nos reparta a carne desta vaca de modo que fiquemos todos contentes.

O rapaz logo viu que a tarefa era difícil, mas, como não tinha outra alternativa, tirou do cinto uma faca e cortou primeiro a cabeça da vaca.

– Tome a cabeça – disse ele para a formiga – você pode comer a carne e o osso lhe servirá de abrigo no inverno.

Deixou que o sangue escorresse sobre o vão oco de uma pedra e chamou o tigre:

– Sei que você gosta mais do sangue do que da carne, então, aqui está. Pode beber.

Cortou a seguir as partes mais macias da carne e as deixou limpas sobre a grama.

– As partes mais macias e sem osso são para você – disse o rapaz para o leão.

Cortou então a costela e as patas e chamou a raposa:

– Aqui estão as partes que mais te convêm e as de que mais gosta.

Por fim, tirou as partes moles todas e chamou a águia:

– Aqui estão as vísceras; acho que com elas você ficará satisfeita.

A única descontente, como era de esperar, foi a raposa, que voltou para junto do rapaz e pediu o couro, pois se achava com menos do que os demais e com a pele se abrigaria no inverno.

O rapaz não disse nada, tirou o couro e o deu para que ela o secasse ao sol.

Então, o leão se pronunciou:

– Muito bem, rapaz, sua divisão nos deixou a todos contentes. Agora, é nossa vez de mostrar nossa gratidão. Venha aqui e pegue um pelo da minha orelha esquerda.

O rapaz se aproximou e puxou um pelo da orelha esquerda do leão.

– Guarde bem este pelo e, quando se vir em apuro, diga: ´Um leão, o mais bonito e corredor do mundo´ – e se verá transformado em leão. Para voltar a ser um rapaz, diga: ´Sou gente´, e se verá de novo na sua pele.

O tigre disse:

– Rapaz, pegue um pelo da minha orelha direita. Quando precisar, diga: ´Um tigre, o mais feroz do mundo´, e você se tornará tigre. Para voltar a ser homem, basta dizer: ´Sou gente´.

A raposa disse:

– Rapaz, puxe um pelo da minha cauda e, quando estiver em apuro, diga: ´Uma raposa, a mais bonita e rápida do mundo´ – e se verá uma raposa. Para voltar a ser homem, diga :´Sou gente´ e terá novamente a forma humana.

A águia disse:

– Meu jovem, tire uma pluma da minha asa esquerda. Quando precisar, diga:´Uma águia, a mais bela e voadora do mundo´ – e virará uma águia. Diga :´Sou gente´ para voltar a ser como agora.

Por fim, foi a vez da formiga:

– Sou tão pequena, mas também posso ajudar. Tire uma das minhas patinhas, aqui do lado esquerdo. Quando precisar diga :´Uma formiga, a menor do mundo e a mais bonita!´. Para voltar a ser gente, faça como os outros disseram. Guarde agora cada pedacinho de nós e boa sorte!

O rapaz agradeceu, guardou tudo num saquinho e partiu.

Anda que anda, ele resolveu experimentar um dos presentes, amarrou o que tinha num saco que atou à cintura, tomou a pena da asa da águia numa das mãos e disse:

– Uma águia, a mais bela e voadora do mundo!

Num instante, tinha virado uma águia, com seu saco de objetos atado ao corpo. Como águia, voou até avistar um lindo palácio cercado por uma cidadela. Pousou bem em frente ao portão e disse:

– Sou gente!

E se viu transformado em rapaz novamente. Guardou a pena da águia, desamarrou o saco da cintura e entrou na cidadela.

Ali não se falava noutro assunto: a filha mais nova do rei tinha sido levada havia pouco ao lago para servir de comida à serpente que vivia lá. Anos antes, a filha mais velha

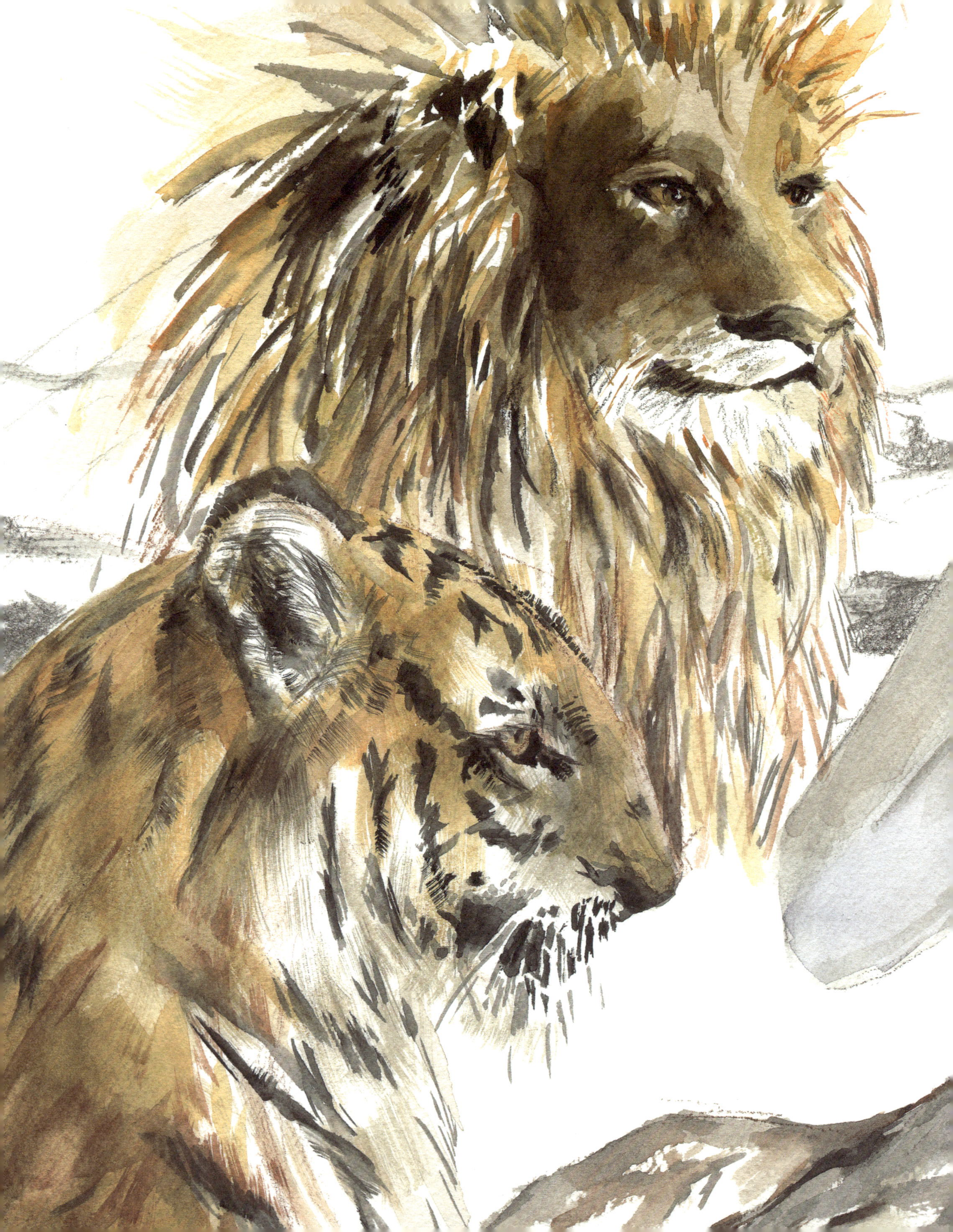

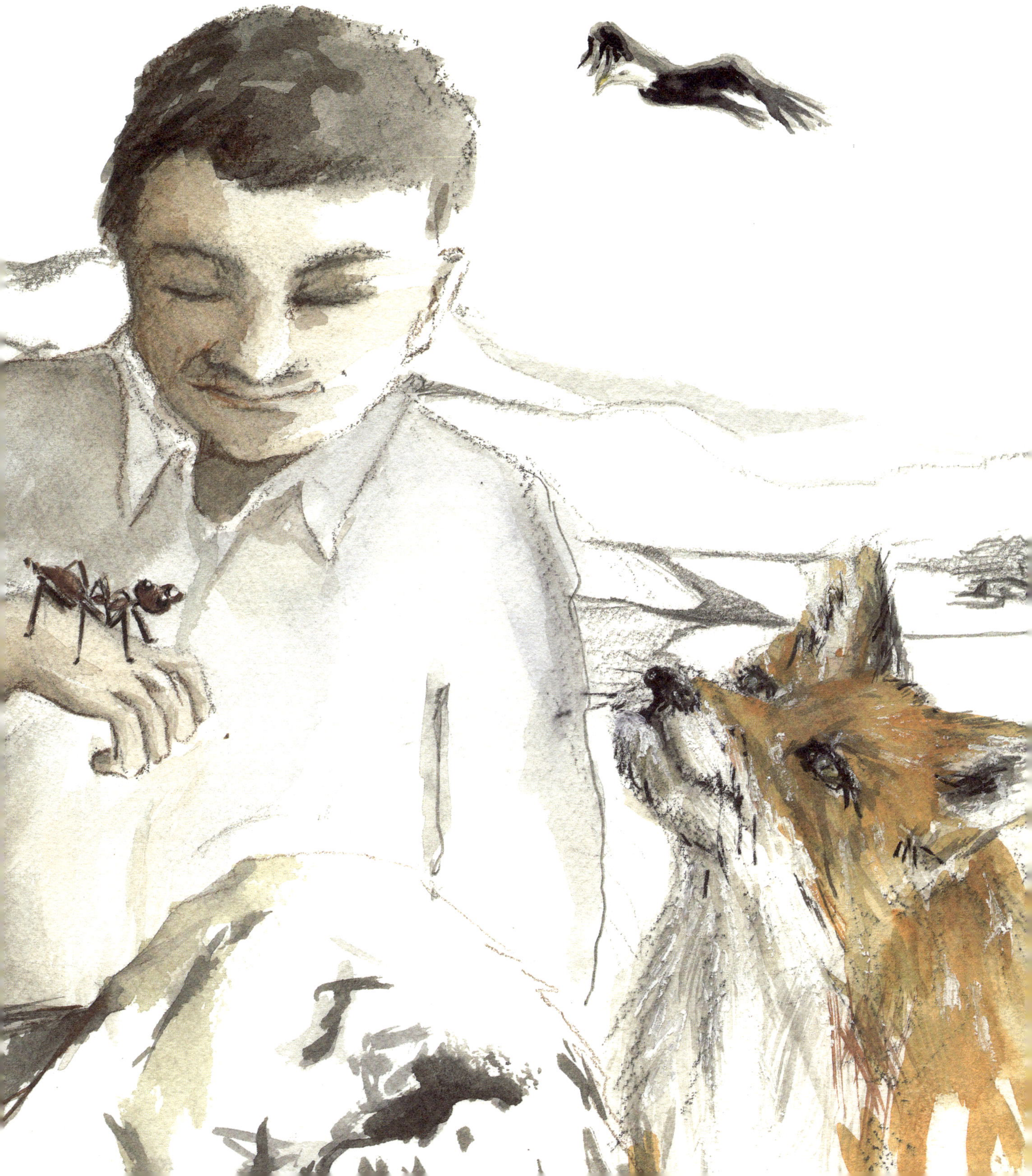

tinha sido levada pelo Corpo sem Alma, dono da serpente, que guardava sua vida em alguma parte.

Naquela mesma manhã, o Corpo sem Alma mandara recado para que o rei deixasse a filha mais nova na beira do lago, do contrário, ele invadiria o reino e destruiria todos. Sem saída, o rei, desconsolado, levou a donzela para o lago e agora procurava quem pudesse ir até lá tentar salvar a princesa. Apresentou-se o rapaz diante do rei e disse que iria cumprir a tarefa. O rei não acreditou que fosse possível a um camponês salvar a princesa, mas, como não existia outro candidato, saudou o rapaz e mostrou-lhe o caminho. O rapaz foi para o lago e encontrou a princesa na margem.

– Bom dia, senhorita – disse o rapaz.

– Bom dia – respondeu ela, aos soluços.

– Por que está chorando?

– Choro, pois logo sairá do lago uma serpente e irá me devorar.

– O que você sabe desta serpente?

– Quase nada, a não ser que é imensa, não morre e sai do lago dizendo: ´Quisera eu um copo de água de meu lago e então você veria só o que eu faria!´. E a seguir ela avança e come a pessoa.

– Bem, então digo eu agora: ´Quisera eu um copo de vinho com pão molhado nele, um abraço e um beijo de uma linda jovem e então você veria só o que eu faria!´

A princesa ficou olhando sem dizer nada, e o rapaz perguntou:

– Princesa, não há vinho nem pão no palácio?

– Claro que há – ela respondeu.

– Então, vá buscá-los e o abraço e o beijo você mesma me dá, porque eu vou enfrentar essa serpente.

A princesa correu de volta ao palácio, pediu um copo de vinho e pão, picou o pão no vinho e levou de volta para a beira da lagoa. Assim que ela voltou, o rapaz disse:

– Agora, vamos esperar!

Não demorou muito e surgiu do lago uma enorme serpente, com a boca aberta e enormes presas salientes, olhos brilhantes como relâmpagos. O rapaz se levantou e disse:

– Ah, você chegou. Pois saiba que está diante de uma fera tão feroz quanto você.

A serpente avançou a cabeçorra e disse:

– Você está errado, pois vou comer você!

– Não vai, não! – respondeu o rapaz.

A serpente aproximou ainda mais a cabeça do rapaz e disse:

– Quisera eu um copo de água de meu lago e então você veria só o que eu faria!

E o rapaz responde, para surpresa da serpente:

– Quisera eu um copo de vinho com pão molhado nele, um abraço e um beijo de uma linda jovem e então você veria só o que eu faria! Ele estendeu a mão e a moça lhe passou o copo. Bebeu o vinho com pão e ela lhe deu um abraço e um beijo.

– Pronto! Um leão, o mais bonito e corredor do mundo.

E se transformou num leão, que pulou no pescoço da serpente. Os dois lutaram, e o leão foi arrastando a enorme fera para a terra.

Quando o corpo da serpente estava todo em terra, o leão falou:

– Sou gente.

E, como gente, pegou o punhal do cinto e abriu o corpo da serpente.

De dentro da pele da cobra saltou um tigre.

O rapaz reagiu rápido:

– Um tigre, o mais feroz do mundo!

Os dois tigres. se atracaram. Quando subjugou o monstro, o rapaz transformado em tigre mordeu-lhe o pescoço e, ao ver o sangue correndo gritou:

– Sou gente!

E pegou rapidamente a faca do cinto e degolou o tigre ferido.

De dentro do tigre saiu uma raposa, correndo, correndo, a toda a velocidade.

O rapaz, então, gritou:

– Uma raposa, a mais bonita e rápida do mundo.

E, transformado em raposa, correu atrás da outra raposa. Alcançou-a e agarrou-a pelo cangote. Voltou com ela para junto da princesa, depositou o corpo ferido da raposa e disse:

– Sou gente!

E, de volta à forma humana, tirou a faca do cinto e abriu o corpo da raposa. De dentro, saiu voando uma águia.

O rapaz não perdeu tempo:

– Uma águia, a mais bela e voadora do mundo.

E, transformado em águia, perseguiu e caçou a outra águia, trazendo-a para terra, para junto da princesa.

– Sou gente!

E, transformado de novo em gente, o rapaz sacou sua faca e abriu o corpo da águia.

Ali estava um ovo, e o rapaz, intrigado, perguntou à princesa o que fazer.

Ela não sabia, e voltaram os dois para o palácio com o ovo na mão.

O rei, aflito, ao vê-los de volta, abraçou-os muito e, após ouvir deles o que havia ocorrido, disse:

– Sempre soubemos que a serpente guardava, em algum lugar, a vida do Corpo sem Alma, que raptou minha filha mais velha e a mantém com ele no alto de um penhasco nas cercanias do reino.

O rapaz perguntou onde ficava o tal penhasco e, guardando o ovo no mesmo saquinho em que mantinha os pelos, o fio, a pena e a patinha, tornou a atá-lo ao cinto e anunciou que iria resolver o assunto.

Tomou da pena da águia e disse:

– Uma águia, a mais bela e voadora do mundo.

Convertido numa águia, ele voou até o penhasco e lá avistou uma bela moça vestida de branco a contemplar o mar. Pousou perto dela, que logo notou a águia, ficou encantada por sua beleza, aproximou-se e acariciou a cabeça do belo pássaro. Em seguida, um grunhido foi ouvido: era o Corpo sem Alma que resmungava dentro de sua casa.

– Quem está aí com você? – perguntou o monstro.

– Ninguém - respondeu a moça – encontrei uma bela águia que pousou aqui.

– Hummm, livre-se dela. Estou sem apetite, ou a comeria já. Aiaiai, como estou fraco – disse o monstro.

– Deixe-me ficar com ela, por favor, Corpo sem Alma – pediu a moça.

– Está bem, mas, se ela fizer qualquer ruído, eu mesmo vou me livrar dela! – disse o monstro.

E, antes que o rapaz transformado em águia pudesse dizer o que quer que fosse, o Corpo sem Alma prosseguiu:

– Princesa, deixe já o que está fazendo e vá me preparar um chá. Estou péssimo.

A moça perguntou:

– Mas o que você tem?

O monstro deu um gemido:

– Não sei, amanhã vou ao lago ver se está tudo bem com a serpente. Ela guarda minha vida e estou me sentindo tão fraco que pode ser que ela esteja doente.

A moça fez o chá, mas, antes que o rapaz pudesse dizer o que quer que fosse, ela pegou a pequena águia e a colocou numa gaiolinha, que pousou em cima da mesa de cabeceira.

Anoiteceu, a moça foi dormir e a águia disse:

– Uma formiga, a menor do mundo e a mais bonita!

E, de imediato, ele se transformou em formiga e deixou a gaiola. Para não assustar a princesa e não ser escutada pelo Corpo sem Alma, a formiga subiu no travesseiro, chegou perto da cabeça da princesa e sussurrou:

– Princesa, acorde, vim a mando de seu pai e de sua irmã.

A princesa acordou, sentou-se na cama e pôs-se a olhar de um lado para o outro.

– Quem é? Onde você está? – perguntou.

– Sou eu, aqui embaixo, no travesseiro! – respondeu a formiga.

A moça pegou a vela que tinha na cabeceira e aproximou do travesseiro, mas não viu nada.

– Aqui embaixo, sou esta formiga bem pequena!

A princesa não podia crer em seus olhos e em seus ouvidos.

– Mas meu pai mandou uma formiga aqui? – ela perguntou.

– Não sou uma formiga o tempo todo – respondeu o rapaz – eu cheguei aqui como águia e você me pôs na gaiola!

Foi então que a princesa notou que a gaiola estava vazia.

O rapaz contou à filha mais velha do rei toda a sua história e, juntos, os dois combinaram que ela, conversando com o monstro, descobriria onde estava escondida sua vida e como dar cabo dela.

No dia seguinte, a moça pegou a formiga, escondeu-a na manga do vestido e foi ver como estava o Corpo sem Alma.

– Bom dia, o senhor está melhor? – perguntou a moça.

– Que nada... estou tão fraco que mal consigo me mexer. Acho que vou precisar de outro chá. Nem tenho coragem de ir ao lago ver a serpente – respondeu o monstro.

– Ah, então fique descansando um pouco, outro dia o senhor vai... – disse a princesa.

É fácil para você dizer isso – respondeu o monstro, zangado – está forte e saudável. Se eu tivesse a vida comigo, como toda a gente, não estaria preocupado...

– E onde está sua vida, senhor? – perguntou a moça.

– Está num ovo dentro da serpente que vive no lago – respondeu o monstro.

– Ah, é por isso que o chamam de Corpo sem Alma? – perguntou a moça.

– Isso mesmo. E só no dia em que alguém trouxer o ovo na minha frente e o quebrar diante de mim eu morrerei. Dentro do ovo está a minha vida e também estão as chaves que, encaixadas na fechadura existente na base do penhasco, transformam esta montanha num palácio.

A moça apressou-se a servir o chá ao monstro. Ele sorveu a bebida bem devagar e voltou a se deitar.

O rapaz disse:

– Sou gente!

E virou gente bem na frente da princesa e do monstro. Tirou o ovo do saquinho que tinha preso à cintura e o quebrou diante do Corpo sem Alma, que estrebuchou e morreu ali mesmo. Então, o rapaz pegou as chaves e, limpando-as da gosma que havia dentro do ovo, entregou-as à moça.

Feito isso, ele virou águia. A moça se agarrou aos pés do pássaro e os dois voltaram voando até o palácio do pai dela.

Ali houve uma grande festa. O rei reencontrou a filha, que julgava perdida, e agora tinha as chaves para aquele que seria o seu reino. A filha mais nova quis se casar com o rapaz, que também já gostava dela e aceitou, mas pediu para, antes do casamento, ir buscar sua mãe para viver com eles, feliz e no conforto do palácio. O rei mandou imediatamente arranjar uma carruagem e, três dias depois, todos juntos celebraram o casamento. Eles foram muito felizes por longo tempo.

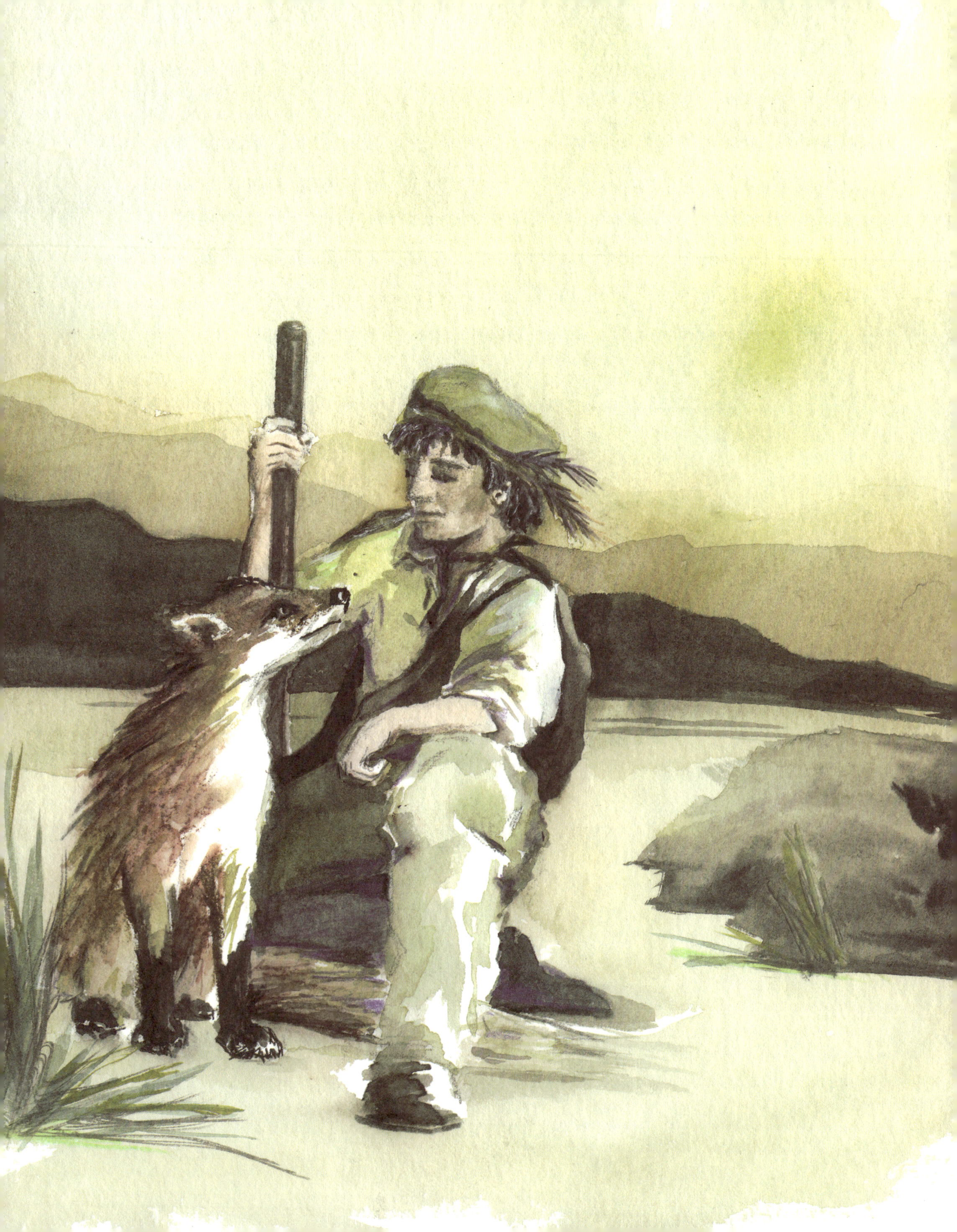

A raposinha (Brasil)

Um príncipe andava por uma estrada quando, passando por um ermo, viu dois homens a bater no cadáver de um terceiro. Indignado com a cena, o príncipe perguntou-lhes que ultraje era aquele. Os dois lhe responderam que o homem tinha morrido devendo dinheiro a eles e que, naquela terra, era costume bater no cadáver dos devedores. O príncipe ficou muito bravo, perguntou de quanto era a dívida e pagou, deixando dinheiro a mais para o enterro.

Partiu dali e ainda pensava naquele absurdo quando, ao virar uma curva, vislumbrou, na beira do caminho, uma raposinha. Ao passar por ela, para sua surpresa, ouviu da raposinha, que lhe dirigiu a palavra:

– Boa tarde, príncipe honrado, para onde está indo?

O príncipe, então, explicou que andava a correr mundo em busca de um remédio para seu pai, o rei, que tinha ficado cego.

– Ah, mas para isso só tem um remédio, que é passar nos olhos do rei o suor do suvaco de um papagaio real vindo do reino dos papagaios!

A incrível raposinha disse-lhe até mesmo o que fazer:

– Meu príncipe, você vai ao reino dos papagaios e entra no palácio à meia-noite. Vai encontrar um grande salão com os papagaios todos. Cada um mais lindo que o outro e todos em gaiolas magníficas. Pois você procure e ache o mais feio e velho de todos, que estará num canto, numa gaiola de madeira, também feia e velha. Este é o que lhe convém.

O príncipe partiu. Chegou na terra dos papagaios, entrou no palácio à meia-noite e ficou maravilhado ao ver os mais lindos papagaios em gaiolas de ouro, de prata, cravejadas de pedras preciosas. Esqueceu-se da recomendação da raposa e pegou o papagaio mais lindo, que estava na gaiola mais formosa. Na saída, ao cruzar a porta, o papagaio pôs-se a gritar, e os guardas vieram e pegaram o príncipe.

– Como se atreve? – perguntou o guarda número 1.

– O que você quer com esse papagaio? – perguntou o guarda número 2.

O príncipe contou sua história, dizendo que o papagaio era para curar a cegueira de seu pai. Os guardas se entreolharam e o número 1 lhe disse:

– Está bem. Então, nós lhe daremos o papagaio se você for ao reino das espadas e trouxer uma espada de lá.

O príncipe se despediu e foi embora.

No dia seguinte, ao acordar, viu a raposinha ao seu lado.

– Bom dia, príncipe honrado, como andam as coisas?

Ele contou sua aventura no reino dos papagaios.

– Mas, meu príncipe, você esqueceu o que eu lhe disse? Agora, vá ao reino das espadas, entre no palácio à meia-noite e vá ao salão principal. Haverá todos os tipos de espadas: de diamante, de ouro, de prata. Não pegue nenhuma. Procure num canto uma espada velha e enferrujada, essa lhe convém.

O príncipe partiu para o reino das espadas. Esperou dar meia-noite e entrou no palácio. Foi ao salão principal e ali ficou deslumbrado com a quantidade de belas espadas de todos os materiais possíveis e imagináveis. Escolheu a mais bonita e ia embora com ela quando, ao passar pela porta, a espada guinchou tão alto que logo apareceram dois guardas e pegaram o príncipe. Ele contou toda a história e os guardas disseram que só lhe dariam a espada se ele fosse ao reino dos cavalos e trouxesse um cavalo de lá.

Saiu o príncipe cabisbaixo e procurou lugar para dormir. Quando acordou, na manhã seguinte, estava a raposinha a olhar para ele...

– Bom dia, príncipe honrado, o que faz aqui?

O príncipe contou tudo a ela.

– Mas você é mesmo teimoso, meu príncipe... por que não seguiu meu conselho? Vá agora ao reino dos cavalos e entre no palácio à meia-noite. Vá para o salão principal e lá estarão todos os tipos de cavalos do mundo, de todas as cores e já encilhados. Procure num canto por um cavalo velho e feio, aquele é o que lhe convém.

Partiu o príncipe e chegou ao reino dos cavalos. Entrou no salão à meia-noite e viu aquela porção de cavalos lindos e musculosos, de todas as cores, com belos arreios e selas brilhando. Nem quis saber de procurar cavalo magro e feio, pegou logo o mais bonito... que relinchou, atraindo os guardas. De novo a mesma coisa, o príncipe contou sua história, e os guardas lhe disseram que só lhe dariam o cavalo se ele trouxesse ali uma das filhas do rei do reino vizinho e disposta a casar-se com ele!

O príncipe coçou a cabeça e pediu, ao menos, que lhe dessem uma montaria qualquer. Os guardas se entreolharam e um deles escolheu um cavalo para o príncipe.

– Mas veja, príncipe – disse o guarda número 1 – se não convencer a princesa, mesmo assim tem de voltar e devolver o cavalo, ou vamos atrás de você!

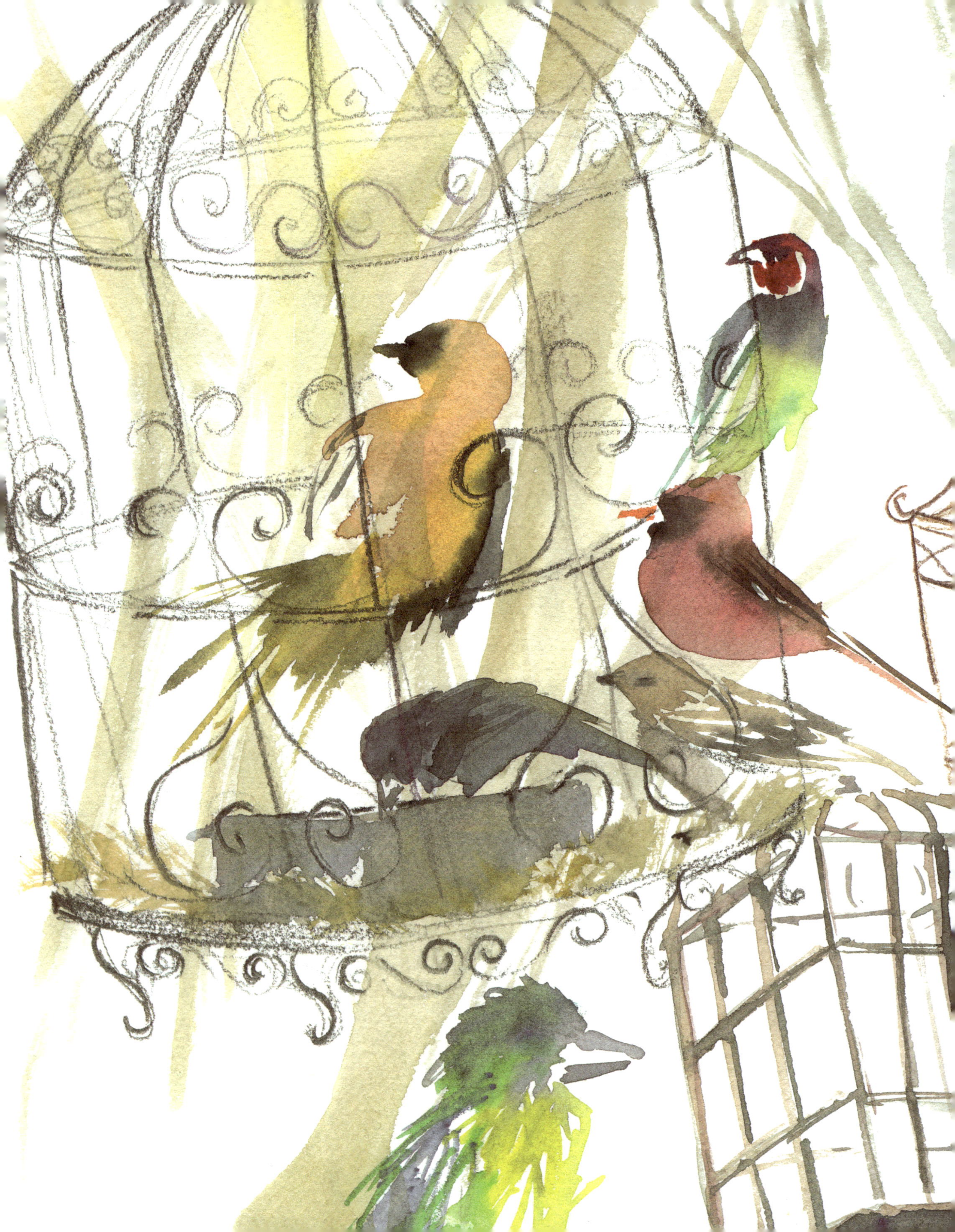

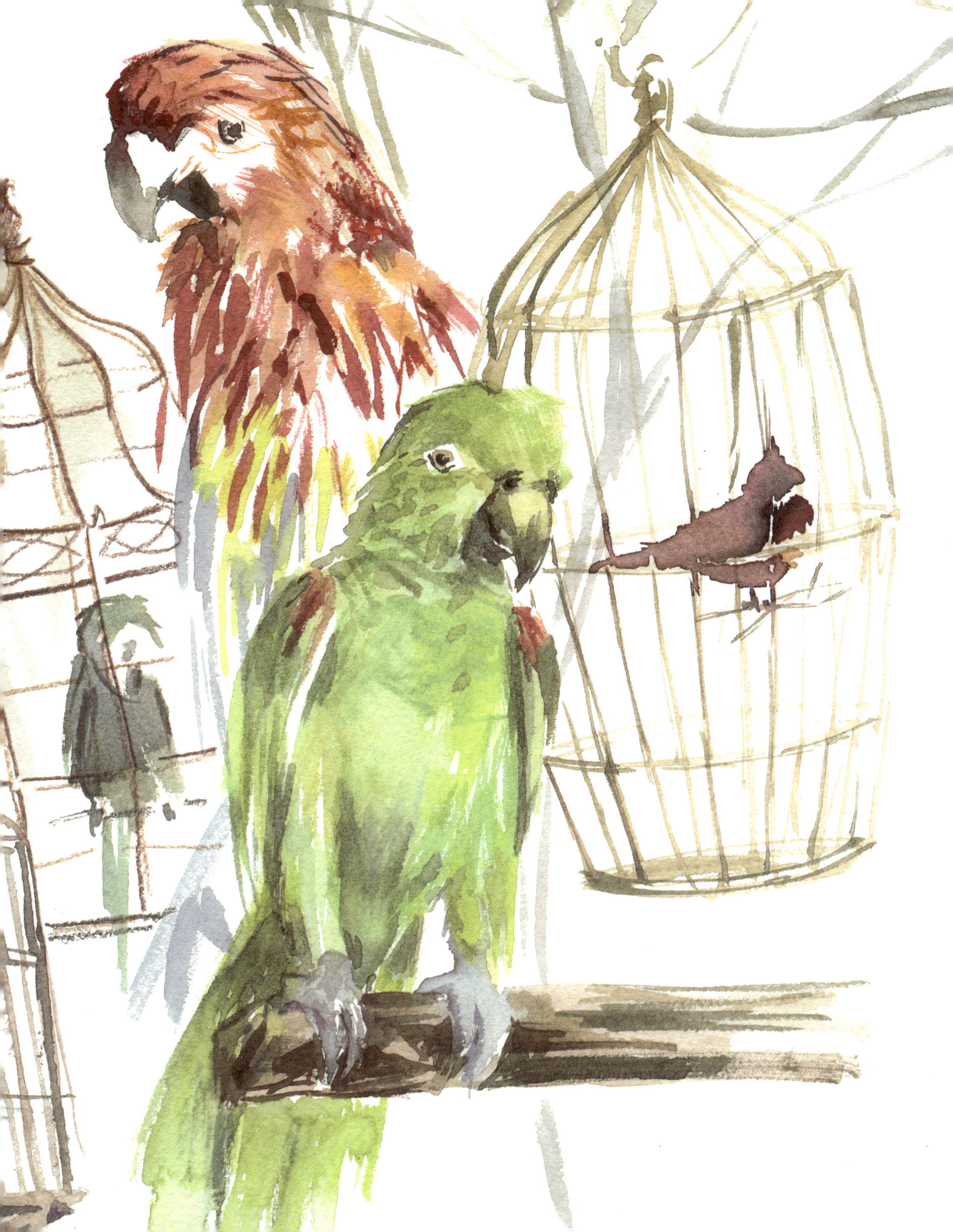

O príncipe se despediu e partiu montado. Cansado, parou para dormir e, já se viu, pela manhã, encontrou a raposinha a seu lado.

– Bom dia, príncipe honrado, o que faz você aqui com esse cavalo que não é seu?

O príncipe contou tudo a ela e a raposinha ensinou-lhe o que fazer.

– Você entra no palácio do rei à meia-noite e vai pelo corredor principal até o fundo. Lá, encontrará três portas. Escolha a do meio. Abra-a e entre. São três as princesas. Não sei dizer qual é a sua: precisará conversar com elas para saber qual delas quer você. Volte com ela ao reino dos cavalos e peça o seu, passe pelo reino das espadas e peça a sua, vá ao reino dos papagaios e peça o seu. Finalmente, volte para casa e passe nos olhos de seu pai o suor do suvaco do papagaio. Ele ficará curado. Mas, atenção, na volta, vá sempre pela estrada principal: não dê ouvidos a ninguém que aconselhe qualquer desvio...

O príncipe partiu. Chegou ao reino e entrou no palácio à meia-noite. Andou pelo corredor e viu as três portas. Entrou na do meio e viu três moças conversando junto à janela. Aproximou-se e contou sua história. Uma das três, para ele a mais bonita, gostou dele e saiu de lá em sua companhia. Montaram no cavalo e cavalgaram de noite mesmo. Passaram pelo reino dos cavalos. O príncipe mostrou a princesa e pediu seu cavalo. Deram-lhe o que havia escolhido. Montaram novamente e foram ao reino das espadas. O príncipe mostrou o cavalo e pediu sua espada. Deram-lhe a que havia escolhido. Foram, então, ao reino dos papagaios. O príncipe mostrou a espada e pediu seu papagaio. Deram-lhe o que havia escolhido. E, já cansados, puseram-se na estrada para voltar ao reino do rei cego, pai do príncipe.

Mas... e sempre existe um mas, no caminho para casa surgiram dois cavaleiros vindo na direção deles.

O príncipe logo pensou que eram ladrões, mas respirou aliviado quando viu que eram seus irmãos...

Os dois vinham à procura dele, que tinha partido já havia tempo. O príncipe ficou muito feliz ao vê-los, mas eles, ao notarem a linda princesa, o belo cavalo, a rica espada e o garboso papagaio, ficaram roídos de inveja.

Cavalgaram um pouco e propuseram ao príncipe que fossem todos por um atalho, que dava numa estrada menor. Disseram que, com tantas riquezas, ele poderia atrair ladrões. O príncipe acreditou e tomou o atalho com eles. Ao pararem numa gruta para beber água, os irmãos o empurraram para dentro de um buraco e o deixaram lá; carregaram a princesa, o cavalo, a espada e o papagaio para casa.

Chegando ao palácio do pai deles, no entanto, as coisas não saíram como esperavam. A princesa parou de falar e se recusava a comer, o papagaio botou a cabeça debaixo da asa e ficou caladinho, a espada começou a enferrujar e o belo cavalo passou a emagrecer.

Lá no buraco, o príncipe acordou e percebeu o que tinha acontecido. Tentou escalar a parede e não conseguiu. Ficou ali, parado, pensando na vida, até que ouviu uma voz vinda da beira do buraco:

– Meu príncipe honrado, o que aconteceu com você?

Era a raposinha.

Ele contou tudo o que havia acontecido, a traição dos irmãos, e ela jogou uma corda lá para baixo e ajudou o príncipe a sair do buraco.

Depois, enquanto ele descansava, ela falou:

– Você é tão teimoso, não é, meu príncipe?

O príncipe reconheceu seus erros: sempre se metera em confusão por não seguir os conselhos dela. E nem sabia como ou por que merecia tanta ajuda...

– Príncipe, eu sou a alma daquele homem que depois de morto estava apanhando. É a última vez que eu apareço. Volte para casa e retome o que é seu. Desejo-lhe uma boa vida.

Muito espantado, o jovem despediu-se da raposa e voltou para casa caminhando. Ao entrar na casa de seu pai, a princesa sorriu, o papagaio voou para seu ombro, a espada brilhou e o cavalo relinchou de contente. O príncipe foi logo até onde estava o pai e, pegando o suor do suvaco do papagaio, esfregou-o nos olhos do rei, que voltou a enxergar. Os irmãos foram mandados embora, como pagamento por sua traição. Fizeram uma grande festa e nela o príncipe se casou com a princesa. Foram felizes por anos e mais anos.

Sobre as autoras

Susana Ventura

Amo os livros desde antes de aprender a ler, quando pedia aos adultos que lessem para mim. Na minha casa, tinha uma estante pequena, que eu adorava, com os livros dos adultos que ainda eram estudantes. Eu também tinha meus livros, que ia ganhando nos aniversários. Muitos deles tinham discos que reproduziam histórias e poemas. Cresci e virei uma professora que fala sobre livros, leituras e também uma escritora de livros para crianças e jovens. Este é o segundo trabalho com a minha querida parceira Bernardita Uhart, com contos de que nós duas gostamos, cheios de animais bem legais.

Bernardita Uhart

Adoro desenhar desde pequena. Nasci no Chile e cheguei no Brasil quando tinha 7 anos. Venho de uma família grande, em que sempre se contaram muitas histórias. Meus avós, que ficaram no Chile, mandavam livros para mim e para meus dois irmãos. Cresci e, há cinco anos, ilustro livros e conto histórias em hospitais e outros lugares onde acho que elas tornam as pessoas mais felizes. Escolhi os contos para este livro junto com a Susana. Gosto de bichos e, no momento, convivo com um jabuti temperamental.

Formato 210 x 250 mm
Mancha 155 x 195 mm
Tipologia Mongolian Baiti
    Monotype cursiva
Páginas 72